殷海宁——著

一抹瑰丽的衍光 ·，

北京时代华文书局

图书在版编目（CIP）数据

一抹瑰丽的衍光 / 殷海宁著. -- 北京：北京时代华文书局，2024.5
ISBN 978-7-5699-5451-7

Ⅰ．①一… Ⅱ．①殷… Ⅲ．①诗集－中国－当代 Ⅳ．① I227

中国国家版本馆 CIP 数据核字 (2024) 第 070016 号

YIMO GUILI DE YANGUANG

出 版 人：陈　涛
责任编辑：沙嘉蕊
装帧设计：百悦兰黛
责任印制：刘　银　訾　敬

出版发行：北京时代华文书局 http://www.bjsdsj.com.cn
　　　　　北京市东城区安定门外大街 138 号皇城国际大厦 A 座 8 层
　　　　　邮编：100011　电话：010-64263661　64261528

印　　刷：廊坊市海涛印刷有限公司
开　　本：880 mm×1230 mm 1/32　　　成品尺寸：145 mm×210 mm
印　　张：5.75　　　　　　　　　　　字　　数：83 千字
版　　次：2024 年 5 月第 1 版　　　　印　　次：2024 年 5 月第 1 次印刷
定　　价：48.00 元

◎ 目　录

◎ 喜欢

在湖边看到一对精灵

头和背

像缎面油黑有光泽

其他部位的羽毛

洁白如雪

翻着小波浪的裙边

呈现雍容而神秘的颤动

红宝石般的嘴巴

沾着一点奶油黄

柔媚灵巧的脚蹼

充满画意

好看温馨的变脖舞

跳得优雅

颈子长长，胸脯挺挺

身姿轻盈

没有了低首呢喃

雄浑里共舞游弋

鼓动不停

扬着惊世骇俗的旋律

充满生机

一如浪漫的春花

溅飞湖光涟漪

神气地相碰

眼里的世界满是喜欢

◎ 护佑

有一种爱
叫望闻问切
心手感应，透视
闭塞的经络

有一种效果
叫起死回生
一把草药，一根银针

有一种神奇
药性伴着哲理
唤醒情志驱邪祛病

有一种传承
如同星星之火燎原
精诚所至，妙手回春

它就是我们华夏

辉煌灿烂……

经久不衰的中医

◎ 春姑娘来了

长袖漫天飞舞的她
来了
带着温暖与湿润
扮靓田野
叫醒孩子

奉上明媚的阳光
鸟儿的妙音
花朵的芬芳
替你换上轻便的衣裳
还要走进你的心房
抚慰恐惧和荒凉

◎ 春意

春意
我的钟爱
折一枝清艳寒梅
藏进衣袖
便会春意盎然

特别的庚子春
红了脸的桃花
来去匆匆
蜂与蝶还未好好吻过
金灿灿的油菜花
却惊艳了人间

浪漫的杨柳风
伴着冰凉的杏花雨
伸展的叶儿
弥漫阵阵清香

◎ 乡愁

惠风背起彩云
搭上幸运之神的马车
多么优美斑斓的风景
停一停
让我再看一眼老宅与娘亲

五光十色的祥云
成了脚下的风火轮
争分夺秒书写着
血与泪的答卷

小竹园的灵秀
留下青丝时的谈资

太多的灵魂飞离
浓缩成鹤发漂流的诗

◎ 念念不忘

有一种亲密
虽然隔着千山万水
经历过就无法忘记

有一种情绪
自从点燃那一刻起
就注定登峰造极

有一种情缘
我们不能将其定义
却悄无声息彰显活力

有一种思念
历尽艰辛
却在苦涩中酝酿甜蜜

今夜，月光如洗

我在梧桐树下徘徊

在徘徊中想你

◎ 美丽的远方

一双隐形的翅膀，
把诗驮去远方。

那个美丽的地方，
遥远又苍茫。
一抹瑰丽的晨光，
缠着青春，裹着希望，
触摸着漫妙与炫亮。
啊!
美丽的远方……

2019.9

◎ 梧桐树

从你身边走过，
目送着，
注视着，
我的梧桐树。
阴凉，静默，
一排排生机勃勃。
是多么亲切友好，
你斑斓了这座城市，
净化着这里的空气。
风会让你歌唱，
雨会让你跳跃，
我们为你修枝，
为你培土，
让你不倒。

◎ 校园里的姑娘

校园里的姑娘，

手中的书和飘动的长发，

美艳得让人不敢正视。

湖边的垂柳搔弄她的耳鬓，

心中涌起忧伤，

毕业临近，

男生女生多以尺素表示。

嘿 有心思？

送了一个浅浅的苦笑，

我准备支教，

你呢？

我考研，

为你点赞！

谢谢，

你知道吗？

没人敢追你的。

为什么？

你就是天山上的一朵雪莲。

啊！

原来他的眼睛闪着星光。

2019.9

◎ 梦中见过

也是太可爱了，
一念起，
就拼尽力心去完成。

不惜说谎，
总要得到真正的拥有。

嘲笑哪些，
来日方长的美好愿望。
更喜欢，
明日可期的直白。

今日，
阳光正好，
云也清高。

二十四小时贴在一起，

还在为谁爱谁多，

争得不行。

多可爱的两个小祖宗，

似梦初见，

这才是对人生，

最大的不辜负了。

2019.9

◎ 北京行

我已置身于南下的高铁，
仍挥不起衣袖告别，
娇痴浪漫的魂儿，
还在留恋，
不想奔逸。

周口店的遗址，
朴实憨影，
哪里知道？
自己的后人，
正在引领世界。

潭柘寺的钟声，
是那样的和谐，
为中华子民祈求安泰。

世博园绽开笑颜，

十里暖风拂面，

滑过你上扬的嘴角，

嗯，花又开得静谧……

◎ 高洁的爱

爱是生命中最珍贵的财富。

有一种爱是一粒种子，
会在甜甜的笑声中，
拉不开，扯不断，
不论成败，倾心浇灌，
终于萌发出婚姻的胚芽，
结出酸甜苦辣的果实。

有一种爱是定睛一瞥，
却伴你终身的美好

2019.3.29

◎ 雁阵

冷秋里
见过天空
写着人字的雁群，
眼里满满的愉悦，
叹其整齐飘逸，
极目远眺
陪着雁鸣声渐远。

然而雁阵
流光溢彩的雁阵
在秦岭千年鸟道上，
像乳白的罗带飘舞，
像阵风吹动的白云，
像巨浪在绿海里咆哮。

多么精彩而又神奇，
心激动不已，

唇颤抖着
没了字句。

我肃然起敬
领头的母雁
引颈长鸣
目光投向远方,
硕大的翅膀挥出
生机悠扬
……

2019.10

◎ 如果你爱上

青蒿的清香，
带着日与夜交替的记忆，
温柔地触碰，
洁白的长衫。

如果爱上，
就用柔软的心陪伴，
永不分离，
要的是无瑕的美丽。

如果爱上，
就没有怨恨与遗憾，
因为有古老的神话，
如数家珍，
钻木取火
夸父追日
大禹治水

愚公移山

......

呵呵，五千年了！
就这样静静地坚强，
默默地抗争，
中国人的遗传基因呃！

如果你爱上，
就要求得圆满，
获得进步的积累，
心永远跳得年轻，
青蒿的清香，
已被屠呦呦的爱融化，
成就了给人类的礼物
——青蒿素。

如果爱上了，
人类的文明，
就是你的情愫。

2019.10

◎ 致一首歌

歌让亿万人动情，
亿万人上口上心。
唱祖国的荣耀，
众愿万岁千秋！

不知过了多少年，
这首歌唱红了东方，
从地面唱到天际，
美妙的旋律，
被惠风留住。

是什么样的韵？
让孩童舞姿翩翩！
让成人十指扣紧！
是什么样的词？
让平凡走向光明！
让伟大变成峰巅！

吟唱成就了圣洁。

少男少女们，

披着文明的兰馨，

寻找纯朴与艰辛，

涅槃于广袤，

灵魂受到诗一般的洗礼。

歌唱着唱着，

融进了血液，

飞进了心田，

像风，像电，像雷霆，

抚摸着人类的脉搏。

2019.9.26

◎ 等待

冬在等待春
用飘逸飞动的笔墨
书写刚健与婀娜的岁月

夜晚等待清晨
奉上阳光雨露
欣赏万物生灵的流丽风骚

离世的亲人等待清明
倾听踏青者的脚步声
如此感受
兄亲弟恭的安好

等待是水滴石穿的从容
等待是享受人生的思考

2020.4.1

◎ 母亲的胸怀

母亲是伟大的
孩子是她的命
无论
一个还是很多亿

追逐戏闹
顽皮扭打
都是成长
从不懊恼

最美的呼唤
永远萦绕在耳际
陪伴天涯
不要沉沦
母亲红润的面颊
怎能惨白

母亲在，家就在
天地人都能注进
母亲的胸怀

◎ 父亲的血性

人类的历史
是父亲的史诗

波澜壮阔
刀光剑影
穿越黑暗
迎接光明
跌入谷底
跃上峰巅

伟大的思想者
马克思是好父亲
伟大的革命者
毛泽东是好父亲

人类的历史
属于明智与单纯

属于有血性的父亲

2020.3.16

◎ 满月时光

静静的

没有

小孩的戏耍和年轻人的恋爱

风有些暖了

水拍打着岸

陪伴夜色

不经意间

圆月压弯了一棵树

像极了棒棒糖

奶油味的

透亮透亮

拍下来

分享给值夜班的你

亲爱的……

2020.3.9

◎ 提灯女神

十九世纪中叶

克里米亚之战

尸横遍野，血流成河

死神踏着乌云

狰狞狂舞

伤兵也不放过

上帝派来了白衣天使

——佛罗伦萨·南丁格尔

神圣而仁爱

无微不至的照料

吻干了恐惧的泪

擦洗化脓的伤口

每晚提着风灯巡视伤员

她有了新的名字

——提灯女神

仅仅半年的时间

伤兵的死亡率

就下降到百分之二

消息长了翅膀

飞遍欧洲

也飞进了英王维多利亚的皇宫

人们欢呼，推崇

人民的英雄

得到无上光荣

这位贵族小姐的目光里

藏着天使的翅膀

爱的羽翼呵护每一位病人

一个奉献的信念

像一支永不熄灭的蜡烛

又好像一朵清白的莲

因洁而尊

2020.2.22

◎ 渺小如我

路边无名小花
渺小如我

当年选择护理专业
是那样的坚定
多年的苦学与实习
乖巧得如一头可爱的梅花鹿
笑眯眯亲吻着小本本
——护士执业证书
成了一名白衣天使

虽然薪资不高
但也兴高采烈，欢天喜地

岗位重要而辛苦
白云与月光最清楚
真是美好动人的旅程

从妙龄到了儿女绕膝的母亲

救死扶伤不畏艰辛
因为我把病人当成了
自己的亲人

2020.2.7

◎ 蜡梅花盛开的时候

数九寒冬
孤独寂寞冰冷的夜
蜡梅花齐齐站满枝头

阳光透明
泛着暖暖的黄色
素心点点层层叠叠
一种初恋的样子
似阳春三月
弥补了冬日的萧瑟

2020.1.2

◎ 画卷

一片凉雾迷漫
殷红的枫叶，阳光彬彬有礼
迎接高贵的逍遥君
走进炫目的五光十色

艳丽的拖地长裙
拾级缓行自在安逸
叶，清香温软似乎春姑娘
从未出过山谷

山顶上的空气和谐
长江两岸已被钢铁紧扣
铺就大道平坦而光明
江面上不见了白帆
巨轮在蓝绸上徐徐前行
江山如此多娇！

2020.1.9

◎ 追逐

智慧的思想者
陶醉于
四季皆景的江南
清的水、翠的山、蓝的天
林下的云雾亦如仙境

轻风在阳光里
追逐花儿亲吻雨露
一串串摇曳的芳香
打开僵硬的思路

坚挺的树
齐立于大街两旁
敬意的眼神
像一排排列兵

一张张渴望智慧的面孔

闪耀着红宝石样的亮光

如同追逐梦中的情人

哪怕跋涉万水千山

2019.11

◎ 孩子们需要自由

孩子们需要自由，
哪怕一丁丁点。
飞舞了眉眼，
足球跳动在绿茵茵的地上，
小眼圆睁，不断追逐，
酷似马拉多纳，
精彩而顽强！

孩子们需要自由，
哪怕一丁丁点。
静静地摆弄着航模，
宛如山间的一股清泉，
轻盈地涌动。
小眼里透出智慧的萌芽，
头头是道的模样，
俨然小小的米高扬。

孩子们需要自由，

哪怕一丁丁点。

勇敢地举起小手于课堂，

展示得超乎寻常，

请不要呵斥，

标新立异的激荡，

请不要不屑一顾。

捕捉吧，

尊敬的老师，

这微弱的火花，

弥足珍贵的联想，

课堂无小事，

教育无细节。

也许多年后，

他们有人能获诺贝尔奖。

2019.11

◎ 我亲爱的母亲

我亲爱的母亲
一位职业女性
普通干部家的女儿
生于菊月，逝于菊月
一生爱菊
记得当年住平房时，
父亲选来了好多品种
在门前栽种
菊花盛开时，淡淡的菊香，
紫红黄白大如碗口
美艳无比

秀美温柔的女子
常遇俊而眸如星的男子
我的父母
就是这样成了情深的伉俪

岁月的长河

舟棹相依

飘荡在善变的浪头里

学工科的父亲

从温文尔雅

渐渐变得脾气暴躁

狮子座男的天性

不断撕去修养的面纱

两位老知识分子的锋芒

刺向爱人的心脏

冷战与争吵

血滴着

走过一段又一段沟沟坎坎

母亲多次提出离婚

然而我们姐弟俩的哭声

父亲的沉默

母亲一次次选择了忍让

我们对母亲的回报

就是好好学习考取大学

妈妈笑了

是那么的美丽

父亲也很灿烂

一切都是幸福的样子

树欲静而风不止

退休了

安享天伦，颐养晚年

严格的父亲和慈爱的母亲

不幸裹进子女的生活

一地鸡毛

只能归罪于

过度关爱

母亲被忧郁吞噬着

常以微笑示人

七十有一便仙逝

最后的遗言

要求我们好好地孝顺父亲

2020.5.9

◎ 年景

你在宽广无垠的大自然中
裸露狂奔
满世界的阳光为你飞舞
从头到脚
从眼帘到心底
沐浴着生命的和谐
温暖而富有活力

金色的慵懒透着柔软的纯洁
阳光从鲜红的云缝里照射下来
好像内心深处的阴暗也被照亮了

稳静的太阳
细心地渲染着万事万物

2023.12.12

◎ 如履薄冰

从少年到白头
多少次从梦中惊醒

耀眼而透明
迈着细小的碎步
脑海里浮现时令的影子
一切总沧桑
战战兢兢暗自祈祷

其实善良才能扛得住所有
咀嚼甜品那只是梦境
不要在乎别人的眼神
道理真的大于喜欢

原野上的美丽
等待着凯旋的雄鹰

2023.11.28

◎ 冬韵

有这样一群勇敢者
在冰冷的冬季
让天地间
变得那么温暖

关心爱护着别人
同情施与着别人
真诚帮助着别人

如寒冬里的炭火
通红而热忱
好似轻柔的阳光
普照大地

像一双母亲的手
抚慰心身
从眼神到宽阔的胸膛

谱写人间

拂满冬韵的葱茏与豪迈

2023.11.22

◎ 桥

进博会
大上海重新被雕塑
一座气势恢宏的大桥
连接世界，吸引眼球

宽敞的桥面
迎接五洲的商贾
利于天下苍生的功德
谁能小觑

鸟瞰夜景立体而独特
上海中心是最高的护栏
钛白与花青着色
成了如画的江山

滔滔黄浦江
正细说世界之桥

荣光的现代和未来

2020.11.11

◎ 紫金山秋恋

长时间的秋雨
凉了紫金山
媚了山里的小道

她的眼神
像透亮的翅膀
抚慰着你和我
啊
阳光飘逸无语
互送
着迷亦牵挂的秋波

她的峰峦
如柔软的摇篮
安静着你和我
啊
碧空深情的对视

成全

满足与快乐的拥抱

2020.10.10

◎ "七一"赞歌

——献给党的生日

芳草萋萋

依偎曾经鲜血染红的堤岸

烟雨飘逸

铁骨铮铮的雄姿

呼唤呐喊

光明 解放 自由 平等

高大的身躯

化成一座座丰碑

同黄山的松

一起站立千年

长江浩浩

直奔大海

几代人的努力

您让和平

在中华大地生根

2020.7.1

◎ 早啊

梅雨季节
南京城的雨
一阵一阵刷洗大树

枯枝败叶
找不着泥土
荒凉的神情
侧耳倾听
"沙沙"扫把声

早啊
身后一位老同志的问候
环卫工人面带微笑
此刻我相信
人的情绪具有
相通性和感染性

2020.6.15

◎ 冬天的草籽

曾经的生机与烂漫
像少女款款情爱的眼神
拨动少年的心扉
如阳光雨露滋润着
那些流金岁月

深秋以后的草秆上
举着枯瘦的籽粒
虽然看似有点丑陋
但却始终昂首在寒风里
等待一缕春风的召唤

2021.1.24

◎ 秋叶

十月的秋阳里
宽阔绚烂的草甸
叫停脚步
醉于午后的风景
只是轻描淡写的一眼
心绪慢到静止

偶尔飞过一片黄叶
唱着散漫的歌
枯萎了，寂寞了
似有似无的哀伤
对什么都不会感到不安
却在一个无人的地方
暗自落泪

◎ 时间的伏笔

岁月里
光和物匆匆前行
犹如十岁时
偷弹
最美知青姐姐的恋曲

梅花的香气
陶冶了勃勃生长的少年

再次遇见
晴朗的秋光撩人依旧
当年乡村伢子
声名，早已远播

2020.11.6

◎ 春雨

心细如发的春雨
俯下身体

唇印变成了
嫩绿的柳叶和鲜艳的花瓣
用多情和沉默的微笑
布置了一桌欢乐的盛宴

湿漉漉的鞋
丈量了高山旷野
沾着泥土的芬香
敲打农舍的门窗

勤勉与认真实属高配
干涸的尽头，倒是另一番风景

2021.2.27

◎ 春天书

蜿蜒的山路
翠绿的溪水
印记一个文静女子的身影

山的那边
成百上千双清澈渴望的眼睛
期待一部部温暖如春的书

知识哺育的女孩儿们
像一只只雏鹰
告别了山沟沟
飞向了更加广阔的新天地

2021.1.25

◎ 你是谁的影子

皑皑的白雪里
飞扬起一个精灵

冲入世人的眼帘
如痴如醉
不可思量的嫦娥
连夜编织好一件薄荷绿的纱衣

悦耳的声音
在大地飘荡，扑朔迷离
苍翠的山峦
挽着柔情的海洋

缓缓地起伏
一如广阔的胸膛
似婴儿般沉睡
催眠着一颗漂亮的心房

◎ 初夏

煦风曳柳
布谷声声
满目的迎春花、芍药、山茶
带着一路芳香
渐行渐远

新绿，月季，千日红
准备好了
丰盛的夏日菜单
无论是早晨的朝霞
还是傍晚的夕阳
一如青春的岁月
闪耀着的光芒

◎ 三月桃色的节日

为悦己者容
水嫩的桃色
芳菲到蜂蝶起舞
幸运得痕迹明显

寒冬裹着行囊大撤退
春光乍泄可以触碰

欢声笑语的爱和情趣
治愈孤独冷冰
美好再也不谨守一个角落
三月的桃色节日里
爱上了就雀跃吧

2021

◎ 我的紫金山

感谢你点缀

美化了我丰富多彩的生活

绿草、树木、走兽

你怀抱里的生命

成了我奇思妙想的伙伴

你用甘泉奶大了他们

包含着即将迎来的春天

千年古刹

也借你的风水

流芳名扬

你将真诚献给了太阳

换来风一般的养料

哺育着一片片可爱的云彩

和那些欢乐的鸟

你深情于月儿

特别是那沐浴在大江的娇态
梦想满满，大爱满满

你总是举起快乐的酒杯
时常邀请我来坐一坐
却讲着同一个故事
以往的春天
都成了以往

2023.2.1

◎ 月如钩

月如钩
雪一样的光辉
展翅于初冬宁静的夜晚

弯眉般明亮
好像一位纯真美丽的天仙
倾心于欢乐流星的风骚
将爱情唱出了
最鲜洁清丽的腔调

壮丽而蓬勃的日出
也能萌生出灵感

沉静于繁星里
记起那美妙的一瞬

2022.11.25

◎ 空间

我穿上米色的纱裙
在荒原里自由眺望
蓝天与草木在不远处
沉浸在迷人的眷恋中

细微的种子
随风自由地播散
不忘偷听一下

光阴里美妙且神奇的故事
滋滋有味的土地才最具魅力

遥远的召唤洁净而无罪
带着响铃的重轭和皮鞭

所有的困顿转个弯之后
才发现世界上最完美的空间

是那夺走了我往日宁静的心脏

2022.11.18

◎ 月末

一个万圣节
倾倒了
多少怀有美好希望的灵魂

不知道什么时候起
总认为风很是温柔
让镶满群星的夜
轻轻地颤抖

天真烂漫的花季
不管岁月更迭
暴风雨般的尖叫席卷窄巷
像一支支细长摇曳的烛火
残息在霜重秋深的夜晚

泪水变得既盲且哑
原本一见钟情

那光明与美丽

却难过了痴情不变的月末

2022.11.3

◎ 回收

尘的喧嚣
何时能收敛
好让大地得以安宁

星星睁开明亮的眼睛
开启夜曲下的追寻
有人好像被唤醒
推窗遥望
入眼的是生命的玉杯
琼浆甜美

好梦被闹铃吵醒时
信还没有写完
朝阳刺碎了彩色的羽翼
只想眯起眼睛回收
被漏掉了的情节

2022.10.12

◎ 赏菊

枝叶若锦
花姿如玉
身段玲珑秀美

独享清秋
亦无蜂蝶叨扰
多彩而柔软迷人

平复了人间的燥
安静了天边的闹
谁不沉醉于，这被菊香
染过的秋天

2022.9.15

◎ 回眸一笑

艳阳和着温暖的秋风
渲染了玄武湖的一草一木
这种闲暇的日子
被高远天空的一抹蓝色引领

出了解放门
绕过一群香客
放轻脚步
一切都是和谐温馨，安静美好
好像去见自己爱慕的人
出奇地清朗
俨然像一个守护这里的天使
抑或是一蔬一饭之间的轻松

噢，赛珍珠的《大地》
仿佛在丰富思想中游学
那种甜蜜的浸润，难以忘怀

鲁迅、陶行知、许地山、斯霞

释放了闪耀的封印

那些笔下生花的巨匠

天使般的奇迹

微笑着

亲切着

能与任何时代的人相处的样子

我只能感叹

这是怎样才能制造的奇迹

笑开了的美妙

2023.10.29

◎ 低语

那段优雅静好的时光
那段和睦相处的日子
一直徜徉在
绚丽美妙的永恒之中

芳香的玫瑰
那么浓烈娇艳
就像烂漫的蒲公英
飞扬在晴朗无云的天际

漂亮的额头和眼睛
宛如夜空里缀满的繁星
柔和的灯光
照耀出可人的纯净

妩媚的笑靥
温柔，镇定

像珠宝般珍贵

呢喃了

纯真至爱的心扉

2023.10.15

◎ 往事在远处张望

半个多世纪前
有一位年近半百的干练妇女
手牵着十三岁的孙儿
还有自家新买的海船
报名参加大军渡江支前队伍

最蔚蓝的天是解放区的天
最真诚的人是解放区的人民
锣鼓喧天，红花戴在胸前
新缝的蓝布小褂，白色的衬衫
像一株盛开的波斯菊，
所有的恐惧被勇敢的心藐视

千万艘战船扬帆起航
枪林弹雨喊杀声振聋发聩
十三岁的孙儿被炮弹炸飞
奶奶咬着牙，紧握着舵

泪水与江水打湿了她的衣裳

解放军渡江大捷
几日后
阜宁大王庄迎来了
两位烈士的棺木
我的外公
急急忙忙从乡政府赶回家
看到尊敬的母亲与儿子王志广的灵柩
哭晕在厅堂

2023.9.26

◎ 花见花开

双眼皮大眼睛里
住着许多少年的心
强壮有力的搏动
让世界脸红
晶莹红润的酒窝里
藏着满意甜蜜的香吻
足以温柔整个森林

一路奋勇地追风
神秘的力量
将一切变得精彩
享受跨越的圆满与孤寂
好似
春天的花朵悠然零落
秋天的叶子安静枯黄

2024.4.16

◎ 雨水

雨水
多么轻狂
肆意冲刷，过境之处
一片狼藉

雨水
多么执拗
翻出了所有的
污垢

雨水
停歇了
留下泥浆与残骸
让人间凄惨兮兮

2023.8.7

◎ 秋风里

秋风里

炎热烤炙

渐渐退了热度

纯净的白云

挨近蔚蓝的天际

银色月光下的小丝瓜

独自微笑

期待着菊花绽放的声音

寂静的夜幕下

虫子身上沾着花粉

躲在一丛绿叶中

时不时发出一串清新的鸣叫

花朵和果实

安静地等待共享

满地的阳光与欢笑

温暖浪漫的回旋曲
风采绰约的文字

一切俗物
好像都会变为神器

2023.8.21

◎ 秋韵

秋的时候
总会让我
想起三十年前
一件事，其实
也不是什么事
只是想让你，知道
我的想法

晶莹剔透的月亮
爬上了秋日里住院大楼的夜空
蓝卡医院的设想
若似成熟的果子
清新且亮丽

举起双臂
感受那一天那一刻的美好
秋天的空气

透出成熟的果子的芳香

疯狂的思绪

好像穿越了

我的生命

踏着岁月的节奏

翻阅秋天的组图

一边想念

一边品尝

渐渐地

温柔多情的翠竹

成了我的伴

◎ 天尽头

一个日神居住的地方

湛蓝的天

宽阔的海

清澈若游者的心

壮美如画

一眼看万年

崖壁下

浪花飞溅

翻滚的浩浩之声

越过巨岩 飞进群峰

向世人讲述

福如东海的传说

不远处

旌旗蔽空

秦人的仪仗车马

好似等候祖龙

与诸神归来

再看太阳启升

东大门

早已染成金黄色的模样

2023.06.30

◎ 胶州湾大桥

这是思想的延伸
又透视了多少智慧
如若游龙悬浮于
阔宽的海面
抑或是天女的银花披帛
飘落人间

被天使吻过，工程师们
天才般的大脑
勤奋的双手
创造了风平浪静
孤独而勇敢的胸怀
多么伟大的实践
改造着天地的存在

诗人与歌手
用云卷云舒的诗

用甜美动人的歌

赞美那安稳无比的灵魂生活

2023.7.23

◎ 陌生人

一江春水

轻盈优雅

致敬沿岸的繁华

用淋漓酣畅的笔触

书写着水的思维

眼眶里饱含的思念

如若浩浩长江，巍巍秦岭

历史从不陌生

山川携着熟悉的文字

黑色的发丝，黄色的皮肤

如泰山般巍峨

黄河般柔软

长时间的分离

精致到形同陌路

无法自拔

魇怔成陌生人

2023.3.20

◎ 时间的城堡

宁静的无名时光
被忽视
黑暗与失望
纷纷扰扰纠缠喧嚣之后

站在原地
心早已矍铄
不再犹豫

忍耐，纯真地等待
低下尊贵的头颅
宝贵的时间从不吝啬

把真诚，勤勉，专注柔顺
造就出满意的
砖石，屋檐，精美的图腾
闪烁着光芒的城堡

终会被一些人拥有

2023.3.27

◎ 五月又闻槐花香

初夏的洋槐树上

盛开着一串串

家乡的灿烂

心湖荡漾

珍珠般

无悔的洁白

那香甜洋溢后

悠悠零落

装扮了万户千家

花香里，童年的梦

像长了翅膀

忘不了的高雅清丽

五月槐蕊

浅淡的颜色

永远让人沉醉

弥漫在温暖的远方

芳菲了厅堂

2023.5.14

◎ 女人花

温暖的春天里
风，挽着靓丽的粉色
不离不弃
一路由南向北

美貌而傲娇
花开任性，花落也任性
梦幻般地似曾相识
情不自禁的肢体语言
四处飞扬
入伊眼帘的
无尽的女人味

觉醒了
肆意的表白
绰约飘逸
如海的樱花

在枝头

羞成了粉白

2023.3.13

◎ 春游

玄武湖边的柳树
对着湖面化起春天的妆容
甜美的微笑
送给每位游客

花瓣形的两片小叶子
托着毛茸茸的小花球
绿成了细长飘逸的丝带
愉快地演奏柳絮飞扬的蝶恋舞曲

伸手摸一摸
啊，最初是这样俏丽的模样
这干净无比的春色
已坠入光明而美丽的灵魂

2023.3.5

◎ 写意春天

细细的风
吹拂屋前那株玉兰
春天的芽苞
从紫灰渐渐变成了青色
小鸟站在树梢上唱着
悦耳的情歌

来吧！一起等待
玉兰花含苞待放
假如没有你的陪伴
怎么会感到幸福无比

春天的大写意
从早晨粉色的花冠醒来
醒在阳光明媚里

◎ 中秋

中秋之韵

天真自然很是单纯

没有大仁大义

有的是团圆与亲情

多姿多彩的中秋

凉风送来丰收的喜悦

凄雨洒满天地和合的袅袅炊烟

银盘般皎洁的圆月儿

照亮屋顶

螃蟹味道鲜美

小孩们欢天喜地

老人家善目慈眉

女子奉上华美的瓷盘

一段莲藕，许多老菱

青色的煮豆角，白色的水花生

香甜可口的月饼

焚香三拜月中的仙子

以求容颜姣好

家庭和和美美

2022.9.9

◎ 颂歌

从哪里飞来一片歌声
橙黄、橘红、翠绿、淡青
如凤凰、孔雀、天鹅
翩翩前来开屏展翅

尽情享受浪漫无比的黄昏
顶级的一种光明炫耀
大海的深处
响彻起雷鸣般的掌声

明媚阳光永远照亮
勇敢之巅
风风雨雨的洗礼
染出漂亮而高贵的银丝

哪怕一天走过四季
颂歌

终究归于自己

2022.8.26

◎ 迷人的秋风

走过田野的秋风

油亮的面颊

汗水浸透的衣衫

不停地欣赏，赞美，相拥

百年未遇的高温酷暑

终于败下阵

秋风里

姑娘甜美的脸庞

红宝石般靓丽

我们去江苏大剧院

听秋天里第一场音乐会

迷人的秋风陪伴落叶起舞

玄武湖的气息

是一种沉浸式的湿润

紫金山换上新的颜色

深情款款注视

搭配如此风轻云淡的景观

那些生活在树林里葱茏的大树

发出沙哑的声音

穿越阳光和阴影

随着徐徐的秋风

迷醉幸运的游人

可爱的秋风

裹挟着花果香

吹过硝烟弥漫的战场

战士含着激动的泪光

多想摘束红枫

送给心中的美人

嗓门儿提亮

迎着迷人的秋风

让彼此的名字飞扬

2022.8.26

◎ 中元节

亲爱的朋友
你可知道
我的梦想和愿望

怀抱温暖的情谊
不会停下脚步等着谁
鲜花，阳光，欢笑
兴奋地和我一道同行
亲过我的人
爱我的人
从未离开过半步
不停教育指点

那怕偶尔受挫
也会有被轻柔抹去泪滴的感觉
同时描画种种
美好的幻想

不再尝到孤独伤痛的情绪

又过中元节

周围都是和平与安宁

用爱心奉上纸钱

2022.8.11

◎ 多年以后

是从哪里吹来
这金色的秋意
麦香与野草味的热风

喜欢飞扬跋扈在群山之间
溜达于竹林、农庄、溪水边
满怀期待，热情奔放
把丰收硕果运往远方

蝉儿还在高枝歌唱
身边的秋风迫不及待
把所见所闻告诉给了
森林、山谷、海洋、飞鸟
还有整装待发的战士

树叶摩拳擦掌
海浪汹涌澎湃

飞鸟鸣叫悠扬
战士进行实弹演练
山谷静候佳音

多年以后
金色秋风会慢慢讲解
当年统一祖国战争的战略战术
是多么豪迈

2022.8.18

◎ 想念时光静好

心悦于你

如星伴月

情喜于晨

鱼儿得水

想念时光静好

想念炎夏凉风

再也没有遇见甜美如你

容貌与举止

聪明与嗓音

你的一切俘获了我

犹如书桌上的淡淡的茶香

陪伴我夜读不倦

亦如一面旗帜

激励我大步向前

爱你爱到海枯石烂

将你拥入细柔臂弯
不要问为什么
风儿总会喃喃叙说

天变地变
我的爱不变
想你时
时光会变得静好无比

2022.8.4

◎ 蓝天

眼前湖水湛蓝湛蓝
蓝醉了苍穹
像少女沉浸在爱河的眸

飘浮在湖面上朵朵白云
用爱凝望，好生悠闲
随意衬托出澄净与梦幻

最满意的自拍照
吹着口哨飞过草原的风
变得浅蓝浅蓝
这样的瑰丽多么宁静真实

天水一色太过忘情
我把心形的水晶项链

永远挂到了

沉入湖底的蓝中

2022.7.13

◎ 擦肩而过

那年新春的暖阳下
寒意不是很浓
穿着灰色派克大衣的少年
独自站在码头

碧清的斗龙河水
轻轻地拍打
三层高的白色客船
明丽的画面
印记在少年的心田
如星的眸子
光芒四射
心花怒放初恋的神情
溢满唇边

随着插队下放的人流
只见少年

渐行渐远的背影

不褪色的天际
变得越来越醇厚
参军，考大学，房前屋后
种满了美丽的红玫瑰
任凭露滴雨浇

等待的目光
像牡丹般亮丽
两颗恒牙闪耀犹若珍珠

2022.7.6

◎ 谈笑间

你飞扬的神采
振臂高呼的身影
驱除了我心中的恐惧与阴霾
千万不要担心我的信赖

山河承载你的恩泽
人世间感受到你无限的关爱
田间农家的汉子
纺机旁劳作的女工
多少友善的话语
胜过严冬的暖阳
饱含天真的双眸
语调是那么温柔
我敬重你灵魂里的真诚

2022.6.29

◎ 遥远的风

来自遥远的清风

模样挺拔而优雅

轻轻地

从湖岸的那边

穿过盛开的莲花

青郁的水草和快乐的鱼

直达层叠青葱的林子

和人们的思想

清风里

那一面面飘荡的旗帜

昂扬而深情

陪伴着

星辰、明月、朝阳

以及无垠的海

伸出一只手

触摸清风的感觉

多好

2022.6.21

◎ 觉醒

翻阅了多少书卷

哲学、法律、军事、文学

忠实地品读

一个个超越时空的经典

感到快乐，得到教益

自然给予赞颂

做个读者多好

不是很累，还可捧腹大笑

那些一心赖在舞台上

演完了一场又一场

编排了多年的戏

只由最后一句话

变成丑角儿

最让人心疼的

还是从硝烟中走出

那些令人崇敬残存的战士

生无可恋的眼神里

储蓄了多少

怀念亲密战友们的记忆

每一本书

都是一部厚重的历史

每一页纸

皆是洞穿人生的觉醒

手捧历史

心怀觉醒

在一个个雄浑的历史故事里

一步步前行

2022.6.9

◎ 花开时节

已进入五月
来迟了
请允许表达我的歉意

春光未尽，春风温暖
一派丰富多彩
弥漫无限的生命力

沿着花季赶来
灵魂已陶醉
黄媚紫暗，绿肥红艳
灿若繁星

静默地站在你的园中
阵阵香气
是花蕊在风中抖动
越来越喜欢

眼泪已模糊了我的眼

2022.5.2

◎ 化整为零

50亿年斑斓美丽的地球
从不会告诉万物生灵
存活的秘籍

绿油油的山林里
飞鸟，野兽
高飞低冲
多么自由欢畅
如遇险情
便不见了踪影

旷野的轻风
优雅的笑脸
舒展着高飞的安宁

◎ 过程

张开有力的臂膀
拥抱可爱的村庄

阳光明媚了庭院
清辉洒满了井台
香甜笼罩了山谷
清静美化了芬芳

天空飘游的月亮
神圣的光向大地探望
宽大的额头
充满改天换地的能量

潮水般的思念爬满心房
撞击着坚如磐石的信仰

大槐树下

我们互诉衷肠

2022.4.28

◎ 走着走着

活法最执着的
要数溪水了
甘甜的，快乐的
从来不惧怕黑夜

走着走着就汇入了
江河湖海

活法最有意思的
要数你我了
在人生的旅途中
沐浴着阳光风雨

走着走着
就从青春年少
步入了白发苍苍

2022.4.20

◎ 镜子

不断地擦拭
是不想自己被灰尘掩盖

而当一面镜子
被正直与无私的心
反复擦拭的时候
真理就亮了

2022.4.16

◎ 无题

一往而深
是不让自己尘封的理由

蓝天陪伴着白云
闪电携带着雷鸣
滂沱的雨
晶莹的花

天空笑着
清洗和解剖着自己
大海容纳百川
了解一切　宽容一切

亦如清澈明亮的镜子
被正直与无私不停擦拭
何尝不是一种幸运

2022.4.16

◎ 谷雨

远山连绵
近树轻摇
光影交错
胭脂般的香味
是一滴真水
被空气研磨而成

飘到了遥远的故乡
俊美的枯枝牡丹
便是谷雨时节的眷恋

枯萎与艳丽相拥而泣
花信儿准确无误

往年看花人山人海
蜂蝶为娇艳起舞欢笑

绚丽多彩的星空下

听到布谷鸟的鸣叫

2022.4.10

◎ 人间四月天

人间四月
深沉的湖水拥抱着天空
湛蓝通透
白色的游艇牵着华丽的画舫
静静地躺在岸边春睡

东风神仙般摆弄着丽姿
大地铺上了白色与粉色的毛毯
罗衣妙步，童声喧闹
藏匿了踪迹

敬畏自己的生命
山林，泥土，河流，花鸟鱼虫
可谓人间恩师

山水荡漾出飞舞的日子
先要去欣赏那些仁慈的暮色

天真与安宁

渐渐隐入你凝望的视野

2022.4.4

◎ 三月的画卷

吃了鸡鸣寺的素面
总是惦记
晓芹说的那条樱花大道

春天里，阳光下
鸡鸣路的樱花
一树树，一朵朵
好似无数婀娜多姿的姑娘
歌着，舞着
欣欣然陪伴飞檐翘角的古庙
清淡的美与别处不一样

有风吹来
路两边的樱花
落英缤纷，漫天飞舞
如云如锦
壮观而蔚然

欢乐盛开

在人们的眉毛和下巴上

一种灿烂

抑或以阳光为温柔

镀上金色

2022.3.22

◎ 月光辞

不甘寂寞的月光
把玄武湖跃动的春水
研磨成光鲜亮丽的墨

淡墨轻岚的钟山
磅礴大气

澄澈雅致的月光
与沿岸散步的人群拥抱
多么闲适祥和

墨色交会挽着羞涩
点点的亮痕
滑动飘落
在宁静与欢快之间

花儿被晚风摇曳

烟柳让仙雾盘旋
安然的月色
柔和得令人沉醉

2022.3.15

◎ 给春天写诗

春天本来就是动人的诗篇

春山写翠绿，春水写弦乐

春雨写朦胧，春风写温情

春桃写婉约，春色写绚丽

春光写灿烂

春天写就了无私奉献

尽在人间酿造千言万语

一草一木揽入怀中

陪伴清风明月的真实

充满快乐沉睡不醒

星辰大海寻找春风的依恋

坚守着一个迷人的季节

◎ 微笑

把你的微笑
藏在衣囊里
和着嘹亮的军号
迎接朝阳

微笑留在枕边
便梦乡萦绕

照片上的微笑
成了脑海的记忆
继续了不会冻结的过往

◎ 界

天使舒展开
纯洁且强劲的翅膀
欢畅的音符
敲出自由美妙的乐章

然而虚假
弥漫于神光之下
杀气腾腾的丑态
终会跌落万丈悬崖
留下一片哀嚎
在空间回荡

2022.3.5

◎ 幼童的眼睛

多看几眼

灿烂的烟花

忘记迷茫与凄凉

多听几句

热情的问候

没有了繁杂

留下爱的模样

多品尝几口

美味的食物

幸福又温馨

特莎·莫德的眼睛啊

如朗朗夜空的星星

晶莹透亮

特莎·莫德的眼睛啊

如幼童般清澈明亮

东方古国的魅力

神一样的荣光

2022.2.20

◎ 初见

翻来覆去想逃离
心中的月亮

那优雅而温柔的眼神
怎不会一见如故
谈得如此投机

绯红的小脸
浪漫的星星
再长的情话也无法替代

夜晚无眠
为饱含深情的月光护短
莫名其妙成了
世间最美的风景

2022.2.12

◎ 江北新区之思

太阳和星辰

细听你许多清晨和傍晚

奔走不息的足音

这片厚重的土地

呈现殷实而美丽的风姿

苍翠的老山逶迤而安宁

奔流的长江浮现梦一般的光明

通江达海之豪气

南北文化之积淀

六朝古都之依衬

而今又将浓彩重抹

一个崭新的时代

扮靓了大江之北啊

欢跃了争妍斗艳的繁花

与阳光织成的愿景

再多艰辛

也要砥砺前行

2022.2.4

◎ 大寒

残冬的日子

熟悉的目光再度相遇在无法抗拒的梅景里

红扑扑的笑脸

穿搭在溜冰鞋的世界

处处洋溢着美酒般的豪放

低矮的麦苗

被举过视线

银雪飞扬的舞姿

忘记了时间流逝

所有的闭藏

和追寻的

皆是春姑娘和善而斑斓的光芒

2022.1.19

◎ 元旦

香粉般的雪花
裹挟刺骨的寒风
吹亮了偌大的世界

深情而朴素的倔强
如何覆盖
气味难闻的浮华

拨开行程里繁茂的荆丛
眺望着远方
拉开崭新的序幕
又现一个耀眼的元旦

挥动荡开云雾的臂膀
笑赏人间
永不会说再见的美好

2021.12.31

◎ 西北望

不知道什么时候

花朵，蝴蝶

它们披上了金色

语言透着芬芳

舞姿温柔翩翩

不会担心彼此的忠诚

静静的，喃喃细语

不经意的一句再见

成了南北墙的样子

拥有树木般的安宁

干净宽敞的居室

调整了神奇的方位

精心观察每个目标

启动力量的权杖

搭起智慧的利器

激荡中带着

青玉般悦耳的旋律

眺望妙不可言的西北

2021.12.9

◎ 日记

银白的世界清艳欲滴

枝头的雪

被孩子的笑声

震得飞扬

梅的暗香

从一点红中流溢

明亮里，与暖相拥

惊讶一抹俊俏

仙境般静美

尽在这寒风与落雪后的早晨

2021.1130

◎ 路途中的风景

清凉和平静在呼唤

我懒散的灵魂

锄头耕地，打猎消遣

一道道梦境般的过往

爱神的恩赐

厌烦战胜了宽容

世人都在倾听

音乐般明朗与恬静的晨光

透过斑驳的树影与芳草

露珠垂在花儿娇嫩的唇边

背起快乐的行囊

在山谷的小溪边游荡

2021.11.2

◎ 明月知我心

我的心思
唯有皎洁的月儿知道
没有艳丽的狂奔
缠绵的是安静与思考

大千世界本是过眼浮云
要诠释的是深藏心底的秘密
不惜永恒
这是上天的奇迹
简素的线条
呈现无比欢愉

生命信赖到透明
如发丝般俏丽

2021.9.20

◎ 一个真正被讴歌的人

先秦有一位文学家
以诗歌吟咏
抒发纯粹的家国情怀
讴歌祖国的大好河山
哀民生之多艰

二千余年了
什么样的情和义啊
如此绵绵不绝
流淌在民众的血液与骨髓里

在古老的东方
他是古壮士
一个上万年的文明史根植于此
一个数千年的国家史灿烂于此

青山苍翠

江河湛湛

赛龙舟的汉子们

爱你那朝圣者的灵魂

爱你那殷殷仁爱的文笔

你是一个

真正被讴歌的人

2021.6.13

◎ 神圣的圆满

迎着一抹明丽的晨光

含蓄的花蕾身姿怒放

笑傲四周

无惧一切的模样

可爱极了

弥漫美好的芬芳

有的放进花瓶怡情供赏

抑或是暗香消逝于土壤

矍铄而沉稳的砂石

做了路基，建了桥梁

砌筑宫殿与平房

那样的神采飞扬

从不邀功请赏

凉爽的雨水和温暖的阳光

孕育生灵万物

无怨无悔不变心肠

为什么要无视这神圣的圆满
非要不按常理出牌
自取灭亡

2021.8.3

◎ 沉默

风雨之夏

时而

折断树干，掀起屋顶

让人心惊的暴雨蔽日

满目汪洋，时而

明丽的太阳，悠悠的白云头顶之上一派蔚蓝

不消说，穿过肆意而又拔凉的风

和那梦想中的枪林弹雨

怎样一个姿势，未来可否预见

还是准备一盏新的矿灯吧

因启发而欢愉，那飞扬的流海

那依旧慈爱的晚霞

必定是拥有一颗纯真且无邪的心

方能与世间万物和睦相处

2021.7.26

◎ 敬畏

阳光打在我的袖口
跳跃地闪烁
那巅峰般的自信
是最美的云彩
温柔而明媚

曾经的躺平也变得羞涩
红着脸离去

与湖水相拥
快乐总是如此轻盈
含着清澈，感动四周
没有握手，没有俯伏
却从不遮掩
对一切的爱惜
表达敬畏

2021.7.21

◎ 时光深处

我从未如此震惊过
对运河文化了解之前

崭新的建筑吗
不是
如镜如幻
绿树与灌木排列在这里
凝聚成巨型水滴
落在了扬州的衣襟
欣欣展现无限生机
像少女花朵般甜美的面容

当停下脚步
我怎会感到一丝的疼痛
当年隋炀帝一道圣旨
展开了
大运河乐章的序曲

时光深处的繁华

带上了无法抹去的记忆

2021.7.12

◎ 蝉鸣

选择了
叶茂干粗的梧桐树
鸣叫一个盛夏
骄阳似火没什么可怕

倾情唱出迷离的恋歌
数千个念想
在一个个日子，将最精彩的留下

忘不了
不知多年的秋月、冬雪和春花
却隐忍于树根泥土，还有四季风声沙沙

脱壳后　身形如魅
让人们传颂
一鸣惊人的佳话

2021.7.7

◎ 爱在夏季

再次见到她时
冰肌莹莹的脸
上了淡妆

轻声细语地拢着秀发
扬起头
一双深潭般的黑眼睛
笑成一弯新月

炎炎的烈日下
抛下一串飞吻
开心极了，真的
可谁也没留下誓言

2021.6.28

◎ 自渡

听懂茶语吗
右脑型的人
都无解

当你的美貌随时光
消逝
即便青春不复
总会有一只手
久久地握着
保留那永不终结的对视

水杯中沉浮的茶叶
一如既往点拨着
万花般的过往

2021.6.29

◎ 芦苇

和我回盐城吧
心爱的姑娘

那儿有海一样的快乐
我们一起分享

夕阳下的丹顶鹤
展翅高飞，自由翱翔
头上那顶小红帽
优雅且漂亮

要说有多么热爱
那就看一眼
狂奔中的麋鹿群
溅起数尺高的水花

芦荡里相约的静美

只有野鸭知道

湖水拍打小船的声响

随风摇曳的芦苇

正在叙说一个蒹葭成长的故事

2021.5.20

◎ 旅行

老山

南临长江，北枕滁河

我宁愿和你一样永不变心

但不愿如你那样幽然无语

你不眠不休哺育着千年的银杏

为世人提供灵魂的福地

像一位充满智慧的绿衣隐士

白鹭自由飞翔于起伏的林海

留下神圣与妙洁

缓岗低山

似爱人丰满而悸动的胸膛

静静地聆听松涛的问候

眺望如练的长江

装扮一新的江北新城

安稳而平和

我想陪你永远活下去

2021.5.10

◎ 倾诉

撕破无眠的夜晚
无比忧虑地相望

塔里木的河水
穿过昏暗的残阳
迂回摸索
留下温情与希望

自由明媚的骄阳
劝其开怀
硕大，雪白，柔软
好像是生命
紧抱
难道祈求得到了允诺

忘不了
曾经暴风雨过后的傍晚

在田野间听到的

不仅仅是动情的歌

更多的是冬不拉琴弦上的倾诉

2021.3.29

◎ 邂逅美丽

花海的尽头
与蔚蓝的天边无缝对接
平坦又开阔
叫停了诗人的脚步
静待心中爱的陪伴

蜂鸣蝶舞，风车昼夜绰约
荷兰情调的木屋建筑
阳光下的红衣小童在花间飘动

附近是否还有
黑白花的奶牛和温馨的牧场
这儿是亚热带季风气候
还有条美丽的斗龙河

只听得一声低语
带着兴奋与恐惧

不知道两颗甜蜜的心

可以激动多久

2021.3.20

◎ 秋叶

十月的秋阳里
宽阔绚烂的草甸
叫停脚步
醉于午后的风景
只是轻描淡写的一眼
心绪慢到静止

偶尔飞过一片黄叶
唱着散漫的歌
枯萎了，寂寞了
似有似无的哀伤
对什么都不会感到不安
却在一个无人的地方
暗自落泪

◎ 命运

深沉的眸子
温和，坚毅
似乎藏着大江大河

我想捕捉其意
却又转瞬不见
而面对兜兜转转的缘分
唯一的解释，大概也只有这一句
——世间一切皆有定数

◎ 临界点

熬过去吧
雪花
太纯太白了
融化了

有时很难做的事
将情感化为语言
不敢相信
临界点真的存在

心疼这种意外
不是你失去引以为傲的女儿
而是优秀的你

多么希望
醒来时看到
你已平静

并小声地说这就是失独之痛

这个世界上
总是要痛苦的
战争，病痛，失去最爱

也许女儿现在依然爱着你
因为你是最好的妈妈

◎ 春节

一句我爱除夕
所有的美好
洒满大江南北

不分天寒地冻与春暖花开
居然这么
自然，情愿，真心实意
加入每年一次的盛典

不管家在穷乡僻壤
还是繁华都市
不惧千里迢迢
奔向家的人流
车站，码头，机场
飞扬着势不可挡的魅力

◎ 独恋一枝花

这是新春的礼物
蜜蜂多次将身体靠近
一朵盛开的春梅
粉红与鹅黄的恋爱
如期而至
梅身正雅
蜂则骚动

这是新春的约会
梅
送走严冬
可爱的笑脸
芬芳馥郁热烈绽放
蜂
轻轻地飞来舞去
低吟柔和
一直小心地拨动着花心

看得出它们心中

荡漾着情比金坚的浪漫